Günter Fanghänel

Ein makabrer Fund am
Oschütztal-Viadukt;
Biospatz; Orchesterprobe
und andere
Kurzgeschichten

Günter Fanghänel

*Ein makabrer Fund am
Oschütztal-Viadukt;
Biospatz; Orchesterprobe*
und andere
Kurzgeschichten

Druck und Verlag Books on Demand • Norderstedt

Alle Personen- und Firmennamen sind
frei erfunden, etwaige Übereinstimmungen
mit real existierenden Personen oder
Firmen wären rein zufällig.

ISBN: 9783735760005
Herstellung und Verlag: BoD - Books on Demand • Norderstedt
© 2014 Autor und Herausgeber: Dr. habil. Günter Fanghänel
Eppertshausen. 1. Auflage 2013
Alle Rechte beim Autor und Herausgeber.
Preis: 4,90 €

Inhalt

Ein makabrer Fund am Oschütztal-Viadukt	S. 6
Ein Bier als Lebensretter	S. 17
Orchesterprobe	S. 21
Ein Erlebnis im ICE	S. 23
Ein Zwischenfall	S. 26
Ein böser Fall	S. 29
Biospatz	S. 32
Roland-Bier	S. 35
Glück in Thailand	S. 39
Der Enkeltrick	S. 51
Räuber im Wald	S, 54
Waldlauf am Morgen	S. 56

Ein makabrer Fund am Oschütztal-Viadukt

Es war an einem Sonntag im April. In der Morgensonne reckte sich der mächtige Turm der bekannten Osterburg zum Himmel. Hier, in der kleinen ostthüringischen Stadt Weida, hatten im frühen Mittelalter die vom Kaiser eingesetzten Vögte ihren Sitz. Das Gebiet, welches unter ihrer Verwaltung stand, heißt deshalb auch heute noch Vogtland und ist unter den Ländern Thüringen, Sachsen und Bayern aufgeteilt.

Michael Germer, Chefredakteur des *Thüringer Anzeigers*, saß zusammen mit seiner Frau Monika gemütlich beim Frühstück. Beide freuten sich, einen ihrer wenigen gemeinsamen freien Tage vor sich zu haben, als das Telefon klingelte. „Was ist denn nun schon wieder los", sagte er zu Monika.

Er nahm den Hörer ab und meldete sich kurz mit: „Germer".

Am anderen Ende war eine verzerrte Stimme zu vernehmen: „Herr Chefredakteur, wir haben eine Sensation für sie. Unter dem Oschütztal-Viadukt liegt verdeckt durch Sperrmüll eine Leiche."

Germer hatte gewohnheitsmäßig nach den ersten Worten die Aufnahmetaste des Anrufbeantworters gedrückt und fragte zurück: „Hallo, was haben sie eben gesagt? Wer sind sie? Nennen sie mir doch bitte ihren Namen und nähere Einzelheiten." Aber der Anrufer hatte schon aufgelegt.

Michael schüttelte den Kopf und sagte zu seiner Frau, die ihn fragend ansah: „Irgendein anonymer Spinner hat behauptet, dass unter dem Viadukt eine Leiche liegen soll. Ich halte das zwar für eine Ente, werde aber doch die Polizei über den Anruf informieren und selbst mal hinfahren." Er rief das Polizeirevier an, wo man den Anruf ernst nahm und sofort einen Streifenwagen losschickte.

Germer nahm die Autoschlüssel, meinte, dass er sicher gleich zurück sein würde, und fuhr zum Oschütztal-Viadukt.

Diese 28 m hohe und 185 m lange Pendelpfeilerbrücke aus dem Jahr 1884 stellt eine Meisterleistung deutscher Ingenieurkunst dar. Bis zur ihrer Stilllegung 1983 fuhren regelmäßig Personen- und Güterzüge in schwindelnder Höhe über Weida. Heute ist der Oschütztal-Viadukt ein bedeutendes technisches Denkmal und neben der Osterburg das zweite Wahrzeichen Weidas.

Michael Germer kam nahezu zeitgleich mit einem Strcifenwagen am Viadukt an. Den Fahrer des Polizeiautos, Polizeihauptmeister Horst Manthei, kannte er gut von gemeinsamen Spielen der Alt-Herren-Fußballer. Seine junge, hübsche Kollegin wurde ihm als Polizeimeisteranwärterin Evi Karlsfeld vorgestellt.

„Hallo Michael", wurde er von Horst begrüßt, „hast du uns angerufen?". Germer bejahte und berichtete von dem seltsamen Anruf.
Daraufhin sahen sich die drei etwas um. In der Nähe des Pfeilers befanden sich tatsächlich ein paar alte Bretter. Sie gingen näher, räumten einige beiseite und sahen sich entsetzt an.
Vor ihnen lag ein menschlicher Schädel und das Skelett eines Unterarmes mit einer Hand.
„Nichts anrühren", rief überflüssigerweise Manthei. „Ich werde sofort die Zentrale verständigen, die schicken sicher die Kripo und die Spurensicherung. Solange müssen wir hier warten."
„Schade um das schöne Wochenende", dachte Michael Germer. Dann nahm er sein Handy, rief einige Leute an, machte ein paar Fotos vom Fundort und überlegte, wie diese ganze Geschichte in der morgigen Ausgabe seiner Zeitung dargestellt werden könnte.

Es war dann etwa eine Stunde vergangen, als ein grauer VW-Kombi neben dem Streifenwagen hielt. Ihm entstiegen eine Reporterin und ein Kameramann vom MDR. Sie begrüßten Michael Germer, der angerufen hatte, weil sich die Redaktionen bei wichtigen Ereignissen immer gegenseitig informierten. Die Fernsehleute wollten gleich zum Fundort, wurden aber von Polizeihauptmeister Manthei mit den Worten, „da müssen sie schon warten, bis die

Spusi ihre Arbeit beendet hat", zurückgehalten. Also wurde zunächst nur der Streifenwagen gefilmt und Michael Germer, der sich in seine Anfängerzeit als Lokalreporter zurückversetzt fühlte, interviewt.

Es dauerte aber nicht mehr lange, bis kurz nacheinander weitere Fahrzeuge eintrafen.

Aus dem ersten, einem Opel Insignia, stieg ein etwa 1.75 m großer, schlanker Mann mit dichtem blonden Haaren und einem kleinen Oberlippenbart. Germer und Manthei erkannten ihn sofort als Hauptkommissar Günter Schreiber, den Leiter der Geraer Mordkommission. Auch Schreiber kannte die beiden Männer.

„Was haben wir denn, wie ist die Lage", wollte der Kommissar wissen. Horst Manthei berichtete von dem Anruf und dem Fund und sagte, dass sie weiter nichts angerührt hätten.

„Gut", lobte Schreiber. „Da wollen wir uns die Sache einmal ansehen. Die Kollegen von der Spusi und der Rechtsmedizin werden sicher gleich kommen."

Kaum hatte er zu Ende gesprochen als der Kombi der Kriminaltechnik (KTU) gefolgt von einem Mercedes, einem älteren Modell der A- Klasse, ankam.

Von der KTU kamen Oberkommissar Helmut Vorberg und einer seiner Mitarbeiter. Aus der A-Klasse stieg mit Dr. Hanna Berschot eine

zierliche, schwarzhaarige Person mit südländischem Aussehen, das sie ihrem italienischen Vater verdankte. Sie war die rechte Hand des Institutsdirektors für forensische Medizin der Universität Jena.
Gemeinsam gingen dann alle zum Fundort, die Leute vom MDR filmten aus gehörigem Abstand.
Dann sahen alle den Schädel und das Skelett von Unterarm und Hand und waren schockiert. Nur Dr. Berschot brach in helles Lachen aus. Dann nahm sie den Schädel in die Hand und erklärte: „Der hier ist aus Plastik und stammt sicher von einem Skelett, wie es manchmal in Arztpraxen oder Schulen zu finden war." Dann ergriff sie die Knochen von Arm und Hand und sagte: „Was ich hier in der Hand halte, ist tatsächlich Teil eines menschlichen Skelettes. Aber die Knochen sind mindesten 60 Jahre alt und sorgfältig präpariert. Ich schätze, sie stammen aus dem Anatomie-Fundus einer Universität. Wenn es gewünscht wird", wandte sie sich an Hauptkommissar Schreiber, „nehme ich sie mit und kann nach einer gründlichen Untersuchung sicher mehr dazu sagen."
„Na, da warten wir erst einmal noch ab", antwortete der so Angesprochene und fügte hinzu: „Ich bin erleichtert, dass wir es hier offensichtlich nicht mit einem Tötungsdelikt

zu tun haben, sondern nur mit grobem Unfug. Eigentlich könnten wir jetzt alle nach Hause fahren und die Sache der hiesigen Polizei überlassen. Da wir aber schon einmal hier sind, sollten wir doch versuchen, etwas Licht in die Sache zu bringen. Da wären ja erstens der Anruf, der zum Glück teilweise aufgezeichnet wurde, und zweitens diese Schranktüren hier. Man müsste wissen, woher die stammen."

Evi Karlsfeld meldete sich zu Wort: „Ich habe da eine Idee. In der Steinstraße hat doch Dr. Liebhold kürzlich die Praxis von seinem Onkel übernommen. Dort wird gerade renoviert und es steht allerlei Sperrmüll auf der Straße. Vielleicht stammen alle unsere Fundstücke von dort."

„Das scheint mir ein sehr wichtiger Hinweis zu sein", lobte Kommissar Schreiber. „Wir packen hier alles ein und fahren zur Steinstraße. Wenn die Schranktüren tatsächlich von dort sind", wandte er sich an Vorberg, „könnt ihr heimfahren. Ich denke eine aufwändige Untersuchung auf Fingerabdrücke und andere Spuren wird dann überflüssig sein."

Sein Vorschlag wurde befolgt und nach kurzer Zeit setzte sich ein Konvoi von sechs Fahrzeugen in Richtung Steinstraße in Bewegung.

Zurück blieb der Oschütztal-Viadukt im Lichte der Aprilsonne, als ob nichts gewesen wäre.

In der Steinstraße angekommen, fanden die Kriminalisten schnell den Haufen Sperrmüll und stellten fest, dass die vier Schranktüren tatsächlich zu den restlichen Möbelteilen passten.
Daraufhin verabschiedeten sich die Kollegen der KTU und Schreiber meinte, dass auch Frau Dr. Berschot nicht mehr gebraucht würde. Diese wollte aber genau wie Michael Germer gern die weitere Entwicklung der Dinge direkt verfolgen. Schreiber hatte nichts dagegen, das Team vom MDR wollte er aber nicht weiter dabei haben.

An der Haustür neben dem Sperrmüll war ein Schild zu finden auf dem stand: „Dr. med. Heinrich Liebhold, Allgemeinarzt." Außerdem waren Sprechzeiten angegeben.
Schreiber klingelte und aus der Sprechanlage kam die Frage: „Ja bitte, wer ist da?"
„Hauptkommissar Schreiber von der Kriminalpolizei Gera", lautete die Antwort. Wir möchten gern Dr. Liebhold sprechen, können wir hereinkommen?"
Der Türsummer ertönte und Günter Schreiber trat ein. Einen Stoffbeutel mit dem Schädel hatte er in der Hand. Ihm folgte Hauptwachtmeister Horst Manthei, der die Unteram- und Handknochen, ebenfalls mit Stoff umhüllt, trug. Evi Karlsfeld, Hanna Berschot und Michael Germer bildeten den Schluss.

In der ersten Etage wurden sie von einem etwa 40-jährigen, großen, sympathisch wirkenden Mann mit den Worten begrüßt: „Hallo, hier kommt ja eine große Delegation, der auch Sie, Kollegin Berschot, angehören. Was gibt es denn? Kommen Sie bitte, wir gehen ins Wartezimmer, da ist reichlich Platz."
Nachdem sich alle gesetzt hatten, nahm Günter Schreiber das Wort und stellte sich und die mit ihm Gekommenen vor. Dann fragte er:
„Stammt der Sperrmüll vor der Haustür von Ihnen, Herr Dr. Liebhold?"
Verwundert nickte der so Angesprochene: „Ja, aber erstens habe ich eine Genehmigung von der Stadt und zweitens kann ich mir nicht vorstellen, wieso das die Kriminalpolizei interessiert."
„Das werden Sie sicher gleich verstehen", antwortete Günter Schreiber. Er nahm dann den Schädel aus dem Beutel und fragte: „Kommt Ihnen das hier bekannt vor?" Und während Dr. Liebhold noch erstaunt den Kopf schüttelte, wickelte der Kommissar die anderen Knochen aus und fragte: „Und was sagen sie hierzu?"
Noch ziemlich fassungslos antwortete der Arzt: „Ja diese beiden Dinge stammen wahrscheinlich von uns. Sie müssen wissen, dass ich vor kurzem die Praxis meines Onkels hier übernommen habe. Er, Dr. Heinrich Liebhold, musste sie aus Altersgründen aufgeben und

ich, Lutz Liebhold, war bisher als Oberarzt im Geraer Krankenhaus tätig. Von dort kenne ich auch Kollegin Berschot. Nun renovieren wir hier. Mein Onkel hatte in seinem Sprechzimmer so ein Skelett aus Plastik und in einem Glaskasten auch diesen Unterarm mit der Hand. In seiner Dissertation damals ging es um Handwurzelknochen. Wir haben das Skelett und die alten Knochen aber auf den Boden geschafft. Wie kommen diese denn nun in Ihren Besitz?"
Hauptkommissar Schreiber erzählte dann die ganze Geschichte von dem Anruf bei Michael Germer und der Polizeiaktion am Viadukt.
„Na, da werden wohl mein Sohn Florian und sein Cousin Olaf, der zur Zeit bei uns die Ferien verbringt, ihre Finger im Spiel gehabt haben", antwortete Dr. Liebhold. „Die beiden sind 13 Jahre alt und haben nur Dummheiten im Kopf. Jetzt sind sie oben in Floris Zimmer, ich werde sie gleich holen."
Der Kommissar stimmte zu, meinte aber, dass es gut wäre, wenn er zunächst mit den beiden allein sprechen könne. „Wenn Sie wollen", sagte er zu Dr. Liebhold, „können Sie natürlich gern dabei sein." Der Arzt meinte, ihre Dummheit hätten die beiden ja auch ohne ihn gemacht und da könne es nicht schaden, wenn sie auch allein zur Polizei müssten.

Nach kurzer Zeit saß Günter Schreiber in einem Nebenraum den zwei Jugendlichen gegenüber.

„Ich bin Hauptkommissar Schreiber und leite die Mordkommission Gera", stellte er sich vor.

„Wer von euch hat denn nun bei Herrn Germer angerufen?"

„Von einem solchen Anruf wissen wir nichts", kam die Entgegnung.

„Macht keine Ausflüchte", erwiderte der Kommissar. „Der Anruf wurde aufgezeichnet und ein Stimmenvergleich wird den Anrufer überführen."

„Das geht gar nicht", antwortete Flori, „ich hatte doch ein Taschentuch über die Sprechmuschel gelegt."

„Na, da haben wir ja das Geständnis", schmunzelte Kommissar Schreiber. Was habt ihr euch eigentlich bei der ganzen Geschichte gedacht?"

Olaf antwortete: „Hier in diesem Nest ist doch überhaupt nichts los ist." „Ja", fiel im Florian ins Wort, „wir wollten dafür sorgen, dass Weida cinmal richtig in die Schlagzeilen kommt."

„Na, das ist euch sicher gelungen", stellte der Kommissar fest. „*Der Thüringer Anzeiger* und der MDR werden die Geschichte sicher groß herausbringen. Aber für euch wird sie gewiss noch ein Nachspiel haben. Selbst wenn ich von

den Kosten für unseren Polizeieinsatz einmal absehen würde, bleiben die Tatbestände *Vortäuschung einer Straftat* und *Grober Unfug*.
Ihr könnt von Glück sagen, dass ihr noch minderjährig seid, aber eure Schulen wird man sicher informieren und die Eltern werden euch hoffentlich auch die Hammelbeine lang ziehen."

Ein Bier als Lebensretter

Olaf, Klaus, Henry und Karsten besuchten gemeinsam die 12. Klasse des Gymnasiums.
Es war Juni und die vier Freunde hatten beschlossen, die Sommersonnenwende zusammen mit ihren Freundinnen im Garten von Olafs Eltern zu feiern. Diese waren im Urlaub, hatten gegen dieses Vorhaben aber keinerlei Einwände. Die Mädchen waren von dem Plan begeistert und praktisch denkend, hatten sie auch gleich geplant, was jeder mitbringen sollte. Olaf war für den Grill zuständig, seine Freundin Jana wollte gemeinsam mit Julia für Salate sorgen und Klaus und Karsten sollten das Grillgut, also Steaks und Bratwürste kaufen. Die Freundinnen von Klaus und Henry hatten vor, eine Erdbeerbowle herzustellen. Henry war für die anderen Getränke zuständig. Man wollte aber außer der Bowle nur Alkoholfreies und Bier trinken. Jeder sollte seine Ausgaben aufschreiben und dann wollte man die Kosten teilen.
Nach solch gründlichen Vorplanungen konnte eigentlich nichts mehr schief gehen, zumal Petrus einen wunderschönen Sommertag beschert hatte.
Gegen 16:00 Uhr waren alle außer Henry versammelt und tummelten sich ausgiebig im Garten und Swimmingpool.

Als gegen 17:00 Uhr Henry noch immer nicht da war, wurde man langsam unruhig. Olaf wollte schon zum Handy greifen, als der Erwartete mit seinem Auto auf das Grundstück einbog. Unter großem Hallo wurde ein Party-Fässchen Bier ausgeladen und Henry sagte: „Vorsichtshalber habe ich von diesem edlen Gesöff auch noch einen Kasten mitgebracht. Das Fass ist noch kalt, aber die Flaschen sollten wir in den Kühlschrank legen."
Dann nahm die Feier ihren Fortgang, Musik ertönte aus den Boxen. Von den Nachbarn war niemand da, so dass die prächtige Stimmung keine Störung verursachte. Olaf nahm etwas später den Grill in Betrieb und es dauerte nicht lange, bis sich alle um den großen Gartentisch zum Essen gesetzt hatten.
Später wurde dann ein Sonnenwendfeuer entfacht und im trauten Kreis schauten alle in die lodernden Flammen.
Julia, Klaus und seine Freundin rauchten und wurden darob von den anderen, die sich zu Nichtrauchern entwickelt hatten, als Luftverpester und Geldverbrenner verspottet.
Es war dann nach 2:00 Uhr, als man sich zum Schlafengehen rüstete. Die Mädchen sollten in der Laube schlafen. Dort gab es zwar nur 2 Betten, aber diese waren groß und man hatte sich schon vorher geeinigt, dass jedes auch breit genug für zwei wäre.

Die Jungen hatten ein Zelt aufgeschlagen und Isomatten mitgebracht.

Es war dann nach Vier, als Olaf aufwachte, weil er fürchterlichen Durst verspürte. „Na, da werde ich mir noch ein Bier aus dem Kühlschrank holen", dachte er und ging zur Laube. Als er die Tür öffnete, kam ihm dichter Qualm entgegen. „Hilfe, hier brennt es!", war sein erster Gedanke. Er stürzte zum Zelt, weckte seine Freunde und rannte zurück in die Laube. Der vordere Raum war voller Qualm, im hinteren schliefen die Mädchen. Er rannte nach hinten, auch hier alles voller Qualm. „Aufstehen! Raus hier, es brennt!", rief er laut, aber niemand rührte sich. Inzwischen waren die Freunde da und gemeinsam schleppten sie die Mädchen nach draußen. Alle vier waren bewusstlos. Klaus rief den Notarzt, und dann begannen sie mit Wiederbelebungsmaßnahmen, wir sie es im Roten-Kreuz-Kurs der Fahrschule gelernt hatten. Zwischendurch hatte sich aber Olaf auch einen Eimer Wasser geschnappt und war in den hinteren Raum zurückgegangen. Dort schwelten, offensichtlich von einer heruntergefallenen Kippe entzündet, eine Decke und der Fußbodenbelag. Olaf riss die Fenster auf, warf die Decke hinaus und goss das Wasser auf den Fußboden.

Der Notarzt war dann recht schnell zur Stelle und versorgte die vier jungen Frauen, die zum Glück wieder zu sich gekommen waren, mit Sauerstoff. „Wir nehmen alle mit ins Krankenhaus", sagte er. „Die Rauchvergiftung muss weiter beobachtet werden. Wären die Mädchen nur kurze Zeit später entdeckt worden, hätte das Ganze sehr bös enden können."

„Nur gut, dass ich Durst auf ein Bier hatte", war alles, was Olaf dazu sagte.

Orchesterprobe

Das Theater der kleinen thüringischen ehemaligen Residenzstadt G. feierte sein 200-jähriges Bestehen.
Aus diesem Anlass waren im Spielplan eine ganze Reihe von Gastinszenierungen und Aufführungen verschiedener, auch ausländischer Ensembles vorgesehen.
Für den dritten Sonntag im Juni war ein Sinfoniekonzert mit dem berühmten Pianisten Kurt Kurz geplant, das von dem nicht minder berühmten Dirigenten Karl Lamur geleitet werden sollte.
Auf dem Programm standen ausschließlich Werke von Ludwig van Beethoven, nämlich die Coriolan-Ouvertüre, das Klavierkonzert Nr. 4 und die 6. Sinfonie, die Pastorale.
Das Theaterorchester hatte sich durch Studenten der Musikhochschule Franz Liszt verstärkt und im Vorfeld schon fleißig geübt.
Das Konzert war seit langem ausverkauft und der MDR hatte eine Live-Übertagung geplant.
Für den Sonntag war am Vormittag eine öffentliche Generalprobe angesetzt und vorher, am Sonnabend, wollte Karl Lamur mit dem Orchester die einzelnen Stücke ausführlich proben. Da auf der Bühne des Theaters noch Umbauarbeiten im Gange waren, probte man in der nahen Orangerie. Die Musiker waren voll konzentriert.

Die Ouvertüre klang schließlich so, wie sich das der Dirigent wünschte und auch der 1. Satz der Pastorale war eingeübt.
Nach einer Pause ging es an den 2. Satz, das Andante molto mosso.
Wenige Takte waren gespielt, da klopfte der Maestro ab und sagte zu den beiden Flötistinnen: „Meine Damen, in den Noten steht hier nichts von einer Wiederholung, ich habe ihre Solostelle aber zweimal gehört."
Beide beteuerten jedoch, die bewusste Stelle nur einmal gespielt zu haben.
„Na, das Ganze noch einmal ab Takt 14", ordnete der Dirigent an.
Wieder klopfte er ab und meinte nun schon ziemlich ärgerlich: „Ich habe die Passage wieder zweimal gehört, vielleicht haben Sie nicht gleichzeitig sondern nacheinander gespielt."
Die beiden jungen Frauen wurden rot und erklärten, dass sie exakt gespielt hätten.
„Nun, dann spielen Sie mir diese Stelle einmal solo vor", verlangte der Maestro.
Das geschah, die beiden spielten ganz genau, setzten die Flöten ab und es erklangen diese Töne nochmals.
Alle schauten zur Empore über den Holzbläsern und da flog die Amsel durch das offene Fenster in den Hofgarten.

Ein Erlebnis im ICE

Es war an einem Donnerstag im August.
Klaus Geef saß auf der Rückfahrt von Berlin nach Frankfurt im Intercity, las in einem Krimi und dachte, dass Zugfahren auch reizvoll sein kann, zumal, wenn man einen schönen Fensterplatz hat.
Der Zug hielt in Fulda.
Die Lautsprecherdurchsage, die die Abfahrt des Zuges ankündigte, war gerade verklungen, als eine Mann die Treppe heraufstürzte und auf den Zug zulief.
Da setzte sich der Zug auch schon in Bewegung.
„Ob er wohl noch mitgekommen ist oder ob die Türen schon zu waren?", fragte sich Geef, der das Ganze teilweise beobachtet hatte.
Die Frage erübrigte sich, weil nach kurzer Zeit die Abteiltür geöffnet wurde und ebendieser Mann hereinkam. Er war mit dunkelblauen Jeans und einem karierten Hemd bekleidet, hatte einen Rucksack bei sich und machte einen sportlichen Eindruck. Man würde ihn auf etwa 40 Jahre schätzen.
Ohne zu grüßen, ging er auf den Klaus Geef gegenübersitzenden älteren Herrn zu und sagte: „Bitte stehen Sie sofort auf, für diesen Platz habe ich eine Platzkarte."
Da alle anderen Plätze im Abteil frei waren, bemerkte Geef, dass er sich doch auf einen

davon setzen könnte. „Halten Sie sich da raus", wurde rüde geantwortet. „Ich habe eine Platzkarte und bestehe auf meinem Fensterplatz. Hier ist doch Wagen 6 und dies ist der Platz mit der Nummer 41.

Der ältere Herr sagte dann ganz ruhig: „Ich werde keinesfalls den Platz räumen, ich habe auch eine Reservierung für genau diesen Platz."

„Die möchte ich sehen", verlangte der junge Mann, „zeigen Sie mir diese sofort."

„Ich denke nicht daran", erhielt er zur Antwort. „Wenn Sie etwas wollen, müssen Sie schon den Schaffner holen und jetzt lassen sie mich gefälligst in Ruhe."

In diesem Moment ging auf dem Gang der Schaffner vorbei.

Der junge Mann riss die Tür auf und rief: „Hallo Schaffner, bitte kommen Sie mal her, hier gibt es Streit um die Plätze."

Der Schaffner kam ins Abteil und wollte wissen, was los sei.

Der neue Fahrgast sprudelte los: „Ich habe eine Platzkarte für den Wagen 6, Sitz Nummer 41 und dieser Mann dort", er zeigte auf den Herrn gegenüber, „will den Platz nicht räumen."

„Na, da zeigen Sie mal Ihre Platzkarte", verlangte der Schaffner. Der junge Mann gab sie ihm.

Nachdem der Schaffner sie angesehen hatte, sagte er: „Ja, wir sind hier im Wagen 6 und das dort ist Platz Nr. 41 und Sie haben auch eine Platzkarte für Wagen 6, Sitz 41, aber für den Zug nach München."
Unwillig entgegnete der junge Mann: „Natürlich, ich will ja nach München."
Der Schaffner entgegnete:"„Sie befinden sich aber im Zug nach Frankfurt, der ICE nach München stand in Fulda auf unserem Bahnsteig gegenüber. Haben Sie denn die Durchsage nicht gehört und die Schilder nicht gelesen?"
Die Antwort kam nun deutlich kleinlauter: „Nein, ich kam auf den letzten Drücker. Was machen wir denn jetzt?"
„Na, kommen Sie mal mit", sagte der Schaffner. „Ich schaue dann einmal nach, wie Sie am schnellsten von Frankfurt nach München kommen und was das zusätzlich kosten wird."
Und damit verließen die beiden unser Abteil.

Der Herr gegenüber und Klaus G sahen sich an und konnten ein leichtes schadenfrohes Lächeln nicht unterdrücken.

Ein Zwischenfall

Es war im Sommer 2013, Klaus Geef saß bei einem Cappuccino vor dem Kaffee am Markt einer kleinen sächsischen Kreisstadt.
Da kam ein junger Mann auf ihn zu und sagte: „Hallo Herr Geef, ich habe Sie gesucht. Darf ich kurz Platz nehmen? Bei Ihnen zuhause sagte mir Ihre Frau, dass ich Sie vielleicht hier finden könnte. Wissen Sie wer ich bin?"
Geef schaute sich sein Gegenüber genauer an. Dieser war groß, blond mit einem kleinen Oberlippenbart und mit Jeans und einem karierten Polohemd bekleidet. Das Gesicht kam ihm bekannt vor und dann erinnerte er sich auch an den Namen.
„Ja, Sie sind der Gerd Kerbel, mit Ihnen gab es doch am letzten Schultag vor den Sommerferien 1990 diesen Zwischenfall."
„Deswegen bin ich hier", antwortete Kerbel. „Ich möchte mich bedanken und Sie einladen. In 14 Tagen verteidige ich meine Dissertation und ich würde mich sehr freuen, wenn Sie und Ihre Frau zur anschließenden Promotionsfeier kommen könnten.
Nach diesem Zwischenfall habe ich ja das Gymnasium weiter besucht und nach dem Abi Maschinenbau in Dresden studiert. Dann war ich zwei Jahre in der Praxis und ging dann als Assistent an die TU zurück. Nun habe ich meine Doktorarbeit fertig. Das alles wäre nicht

möglich gewesen, wenn Sie damals nicht so großartig reagiert hätten. Mein Leben wäre völlig anders verlaufen."

„Das ist wohl wahr", antwortete Geef und in seiner Erinnerung kam ihm jener letzte Schultag wieder einmal deutlich vor Augen. Er würde ihn immer wieder folgendermaßen beschreiben:
„Ich war Klassenleiter der 8a und unterrichtete die Fächer Mathematik und Physik. Gerd war in diesen Fächern sehr gut. In seiner Freizeit tüftelte er an technischen Geräten und wollte mal dies und mal jenes erfinden oder verbessern. Seine Eltern hatten dafür wenig Verständnis und er musste viel auf dem elterlichen Bauernhof helfen und insbesondere auch die Tiere versorgen, was ihm zutiefst zuwider war. Freunde hatte er kaum, von seinem Dorf war er der einzige, der täglich mit dem Fahrrad zur Schule kam und nach Schulschluss musste er immer sofort nach Hause. Von seinen Mitschülern wurde er oft gehänselt und man rief ihn nur mit seinem Spitznamen *Kuhbauer*. Wie sehr er deshalb frustriert war, wurde mir allerdings erst durch den folgenden Zwischenfall bewusst.
Doch der Reihe nach:
Es war die letzte Stunde vor den Sommerferien, nach der Pause sollte nur noch die Zeugnisausgabe sein. Ich erzählte etwas von

den vollkommenen Zahlen, die schon im antiken Griechenland bekannt waren. Dass also die Zahl 6 eine solche ist, weil die Summe ihrer Teiler 1 + 2 + 3 wieder 6 ergibt. Ich hatte gerade die Schüler aufgefordert, eine weitere vollkommene Zahl zu finden, in der Hoffnung, dass jemand vielleicht die 28 „entdeckt".

Da sprang plötzlich Gerd auf, fuchtelte mit einer Pistole herum und schrie: Alle hinlegen, sofort alle hinlegen!"

Die Schüler gehorchten, ich blieb stehen. Dann kam Gerd auf mich zu und sagte: „Legen Sie sich bitte auch hin."

Ich antwortete: „Gerd, mach keinen Umsinn, denk an deine Zukunft, die du dir hier für immer kaputt machen kannst. Gib mir die Pistole und dann vergessen wir das Ganze."

In diesem Sinne redete ich weiter auf den Jungen ein, bis er mir schließlich die Pistole gab und weinend zur Tür lief.

Ich hielt ihn auf und sagte: „Warte bitte vor der Tür auf mich."

Dann erklärte ich den Schülern, die natürlich inzwischen aufgestanden waren und wild durcheinander redeten, dass es sich nur um eine Spielzeugpistole gehandelt habe und das Ganze sicher nur ein dummer Scherz von Gerd zum letzten Schultag gewesen ist.

In der folgenden Pause brachte ich Gerd, der tatsächlich gewartet hatte, erst einmal in meine

nahe gelegene Wohnung. Nach der Zeugnisausgabe fuhr ich dann mit ihm zu seinen Eltern.
So einfach wie ich es mir vorgestellt hatte, ging die Sache dann aber doch nicht zu Ende.
Natürlich hatten die Schüler zuhause von dem Vorfall erzählt und so kam es, dass am nächsten Tag zwei Herren von der Kriminalpolizei bei mir auftauchten.
Ich schilderte diesen Dummenjungenstreich und übergab ihnen die Spielzeugpistole meines Sohnes."

Klaus Geef hatte diese Geschichte fast vergessen und nun stand da dieser Gerd Kerbel und sah ihn erwartungsvoll an.
„Ich glaube nicht, dass ich heute nochmals so handeln würde", dachte Geef. „Dazu hat es in den letzten Jahren an Schulen doch zu viele böse Vorfälle mit Waffen gegeben.
Na, glücklicherweise hatte ich damals Gerd richtig eingeschätzt."
„Ja, Gerd", antwortete er dann. „Mir ist eben die ganze Geschichte nochmals durch den Kopf gegangen. Wir haben beide damals richtig Glück gehabt. Ich freue mich sehr, dass sie ihren Weg gefunden haben und nehme ihre Einladung gern an."

Ein böser Fall

Heinrich Wirz war ein sehr rüstiger Rentner, den man seine 83 Jahre wirklich nicht ansah.
Er lebte seit seiner Kindheit in der kleinen hessischen Stadt D.
Da er als Bauingenieur lange Jahre im Bauamt der Stadt gearbeitet hatte, kannte er – wie man so sagt – Hinz und Kunz.

Wenn es das Wetter einigermaßen zuließ, war Heinrich mit seinem Fahrrad unterwegs. Auch die Einkäufe im nicht allzu weit entfernten Supermarkt erledigte er mit seinem Rad. Meist kam er dann mit zwei vollen Beuteln nach Hause, die er links und rechts an den Lenker gehängt hatte. Seine Frau schimpfte dann jedes Mal und sagte: „Wenn du schon so beladen bist, dann schiebe doch das Rad lieber nach Hause." Aber auch in dieser Hinsicht erwies sich Heinrich als beratungsresistent.

An einem Freitag im Mai, es war kurz vor zwölf Uhr, war er wieder einmal auf dem Heimweg vom Supermarkt. Da winkte ihm auf der anderen Straßenseite ein Mann zu und rief laut: „Hallo."
Heinrich überlegte, woher er den Rufer kennen könnte, es fiel ihm aber nichts ein. Dennoch bremste er abrupt, hielt an und wollte absteigen. Dabei kamen ihm die am Lenker hängenden Beutel in die Quere und er kam zu Fall. Es

gab einen Knacks und im linken Unterarm hatte er große Schmerzen. Später stellte sich heraus dass, der Arm gebrochen war.

Der Rufer kam sofort über die Straße gelaufen, und sagte: „Entschuldigen Sie bitte, aber ich habe Sie verwechselt. Kann ich ihnen helfen? Soll ich einen Krankenwagen rufen?"

„Das wird nicht nötig sein", antwortete Wirz. „Aber vielleicht können Sie mir helfen, das Rad nach Hause zu schieben, es ist nicht weit von hier. Ich kann meinen linken Arm nämlich kaum bewegen."

„Selbstverständlich", lautete die Antwort. „Übrigens ich heiße Heinz Krüger und wohne seit kurzem bei meinem Sohn in der Wiesenstraße."

„Na so was", staunte Heinrich, „da sind wir ja fast Nachbarn."

Frau Wirz schlug die Hände über den Kopf zusammen, als die beiden Männer ankamen. Eine Nachbarin war sogleich bereit, Heinrich ins Krankenhaus zu fahren und Hans ließ es sich nicht nehmen, ihn zu begleiten.

Das war der Beginn einer Männerfreundschaft und wenn Heinz und Heinrich, zum Stammtisch kamen, hieß es nur: „Jetzt kommen die Hamburger". Obwohl keiner von beiden aus Hamburg stammte, hatten sie wegen ihrer mit H beginnenden Vornamen, also HH, diesen Spitznamen weg.

Biospatz

Eines Tages im Mai schlenderte Klaus Geef nachmittags durch die Straßen der alten und inzwischen wieder sehr schönen Stadt Görlitz. Da sah er auf der anderen Straßenseite einen jungen Mann, schätzungsweise Ende zwanzig, der seinem alten Lehrer Karl Sperling, den sie *Biospatz* nannten, wie aus dem Gesicht geschnitten war. Der Spitzname hatte nichts mit der heutigen Bedeutung von Bio zu tun, Karl Sperling war Biologielehrer.

Geef muss wohl diesen jungen Mann ziemlich angestarrt haben, denn plötzlich sprach dieser ihn an und sagte:„ *Biospatz*".

Völlig verdutzt fragte Geef: „Können Sie Gedanken lesen?" Gleichzeitig entschuldigte er sich, nannte seinen Namen und erklärte, dass er für einen Moment gedacht habe, seinen Biolehrer vom Gymnasium der kleinen thüringischen Stadt Zappenrod vor sich zu haben. Das Ganze sei natürlich Quatsch, weil inzwischen fast 50 Jahre vergangen seien. Aber Geef fragte, ob der junge Mann vielleicht ein Enkel von Karl Sperling sei oder sonst irgendwie mit diesem verwandt wäre. „Nein, absolut nicht" war dessen Antwort. Ich heiße Lutz Wenske und lebe seit meiner frühesten Kindheit hier in Görlitz."

Geef fragte: „Warum haben Sie dann zu mir *Biospatz* gesagt?"

Lutz Waske lachte: „Auf die Ähnlichkeit zu einem Herrn Karl Sperling wurde ich in den letzten zwei Monaten von drei unterschiedlichen Leuten angesprochen, sie alle waren Schüler am Gymnasium in Zappenrod und hatten bei *Biospatz* Unterricht.
Haben Sie einen Moment Zeit?", redete Lutz Wenske weiter. „Ich möchte der Sache gern auf den Grund gehen. Meine Oma wohnt hier um die Ecke, ich glaube, sie war auch in Zappenrod auf dem Gymnasium – wer weiß?
Bitte besuchen Sie mit mir meine Oma, vielleicht kennen Sie die von früher, vielleicht kann mir meine Oma eine Erklärung geben."
Zweifel erfassten Klaus Geef Sollte er sich nicht besser von fremden Familienangelegenheiten fern halten? Andererseits hatte er Zeit und neugierig war er auch.
Als der junge Mann nochmals eindringlich bat, mit ihm seine Großmutter zu besuchen, willigte Geef schließlich ein.
Die beiden stiegen in einem alten, sehr schön renovierten Haus zwei Treppen hoch. Lutz erzählt, dass sein Opa hier im Waggonbau Görlitz als Ingenieur gearbeitet hatte, aber schon länger tot ist. Seine Oma war Lehrerin und hatte auch in Dresden studiert. Dort hätten sich die Großeltern kennen gelernt.
Nun standen sie vor der Wohnungstür. Lutz hatte einen Schlüssel, er ging in die Wohnung,

nachdem er Klaus Geef gebeten hatte, einen Moment im Flur zu warten, er wolle seine Oma auf den Besuch vorbereiten.

Nach kurzer Zeit erschien eine Frau in der Tür und sagte: „Mensch Klaus, komm doch rein." Geef musste in seinem Gedächtnis etwas kramen, um seine Mitschülerin Inge Rensing, die er wie viele andere auch, nach dem Abitur aus den Augen verloren hatte, zu erkennen.

Während Lutz Kaffee kochte hatten sich Inge und Klaus viel von den gemeinsamen Zeiten am Gymnasium in Zappenrod zu erzählen. Jeder Satz begann mit „Weißt Du noch..."

Nach einer guten Stunde und dem gegenseitigen Versprechen, den Kontakt weiter zu pflegen, ließ Geef Oma und Enkel allein.

Dass er wusste, wie sehr Inge einst in *Biospatz* verknallt war, behielt er wohlweislich für sich.

Roland-Bier

Zum Himmelfahrtstag war eine Gruppe von vier nicht mehr ganz jungen Männern mit Rädern im schönen Odenwald unterwegs.

Klaus Geef und seine Freunde hatten eine dreitägige Tour geplant. Die Radwege waren gut gekennzeichnet und obwohl es recht oft erhebliche Steigungen zu überwinden galt, war die Stimmung ganz ausgezeichnet. Das lag sicher zum einen an dem prächtigen Wetter, die Sonne strahlte von einem blauen Himmel, aber es war nicht zu warm. Zum anderen hatten die vier sich auch mit ausreichend Proviant eingedeckt. Eine am Waldrand stehenden Schutzhütte lud zur Mittagsrast ein. Die Stullen waren gerade ausgepackt und jeder hatte eine Dose Bier geöffnet, als auf der Hauptstraße ein Traktor mit Anhänger vorbeifuhr. Eine Schar junger Burschen sangen und winkten. Sie prosteten den rastenden Radlern zu und einer rief: „Ihr müsst unbedingt zum Roland-Bräu fahren, wir kommen von dort. Da ist mächtig was los."

Klaus, der so ein bisschen die Leitung übernommen hatte, meinte: „Wir können ja einmal auf der Karte nachsehen, ob dieses gerühmte Wirtshaus an unserer Strecke liegt."

Sie breiteten auf den Holztisch der Hütte ihre Wanderkarte aus und beugten sich darüber.

„Hier sind wir", sagte Horst und zeigte mit dem Finger auf einen Punkt. Wenige Kilometer entfernt war die Roland-Quelle eingezeichnet, einen Gasthof Roland-Bräu fanden sie aber nicht. „Na, der liegt vielleicht in dem Örtchen Herrenbach, das hier südlich von der Quelle zu finden ist", meinte Klaus. „Lasst uns erst einmal zu der Quelle fahren."

Der verzeichnete Weg wurde schmaler, führte die vier aber schließlich nach kurzer Zeit zum angestrebten Ziel. Am Berghang befand sich ein kleines, halbrundes mit Steinen eingefasstes Becken, das von einem kurz darüber aus dem Fels ragenden Rohr mit Wasser gespeist wurde. Daneben ein Schild. *Rolandquelle.*

Der darunter angebrachte Text besagte, dass der Sage nach Roland, der mächtige Ritter, durch das Wasser dieser Quelle riesige Kräfte erwarb und so unbezwingbar geworden wäre.

Dem Wasser würden auch Wunderwirkungen bei der Erhöhung der Manneskraft zugesprochen.

„Na, da wollen wir alle einmal kräftig davon trinken", lachte Klaus, „aber große Wassermengen kommen hier ja nicht aus dem Berg.

Gegenüber der Quelle war dann ein Schild mit folgendem Text zu sehen: „Besuchen Sie auch unsere Privatbrauerei *Roland-Bräu* in Herrenbach (10 km von hier). Wir brauen mit dem Wasser der Rolandquelle."

Die vier fuhren los. Sie erreichten schnell Herrenbach und hörten schon von weitem Musik und lautes Stimmengewirr. Im Biergarten des Wirtshauses war mächtig Betrieb, aber auch in den Innenräumen amüsierten sich zahlreiche Gäste. Die Männer waren in der Überzahl, aber auch etliche Frauengruppen hatten den freien Tag zum Wandern genutzt.

Die vier Radler fanden einen Tisch in der Nähe der Theke und bestellten natürlich Bier. Sie wurden gefragt, welches Bier man wollte. Es sei alles selbst gebraut, aber da gebe es schon Unterschiede. Nach Beratung entschloss man sich von dem frischen, noch kellertrüben Gerstensaft zu kosten. Er schmeckte ausgezeichnet. Der Wirt lud sie dann ein, an der in einer Stunde beginnenden Führung durch die Brauerei teilzunehmen. Da die Anfrage der vier Radler, ob denn für die Nacht noch zwei Doppelzimmer frei wären, positiv beantwortet wurde, entschloss man sich, zu bleiben.

Zur Führung hatten sich dann etwa zwölf Gäste eingefunden. Der Wirt zeigte den gesamten Betrieb, wobei der große kupferne Braukessel den stärksten Eindruck hinterließ. Dann wurde die gesamte Prozedur der Bierherstellung erläutert und das *Deutsche Reinheitsgebot* gebührend herausgestellt. Nur Malz, Wasser, Hopfen und Hefe darf zum Brauen verwendet werden, wobei Qualität und

Menge der einzelnen Zutaten entscheidend für die Qualität des Endproduktes sind.

Klaus Geef stellte dann die Frage, die viele bewegte. „Sagen Sie einmal, Ihr Werbeslogan lautet doch ***Mit dem Wasser der Rolandquelle gebraut***. Nun haben wir vorhin diese Quelle besichtigt und können uns nicht vorstellen, wie die geringe Wassermenge, die dort zu Tage tritt, für ihre Produktion ausreicht."

Der Wirt lachte: „Diese Frage wird mir bei jeder Führung gestellt. Sehen Sie, hier ist der Braukessel." Er öffnete die Luke dieses Kupferbehälters. „Und hier in dieser Kanne", er hielt ein etwa 5 Liter fassendes Gefäß in die Höhe, „befindet sich Wasser von der Rolandquelle. Jetzt gieße ich das Wasser in den Braukessel", er tat es, und fuhr fort: „Damit wird also **mit** dem Wasser der Rolandquelle gebraut. Ich habe ja nicht behauptet, dass wir **aus** dem Wasser der Rolandquelle brauen. Wenn sie Kaffee **mit** Zucker bestellen, ist ja auch nur etwas Zucker im Getränk."

Die Gäste lachten und Klaus meinte: „Wieder etwas von den Tricks der Werbeindustrie gelernt."

Glück in Thailand

Achim Weismann wollte 2002 nach seinem mit Bravour bestanden Abitur unbedingt den Wunsch seiner Mutter erfüllen und nach Thailand fliegen, um seinen Vater zu suchen. Dieser hatte sich 1995 dorthin abgesetzt und die Familie mittellos in Stich gelassen.
Um sich das Geld für die Reise zu beschaffen, überfiel er eine Bank. Er wurde gefasst, verurteilt und eingesperrt.

Zur Beisetzung seiner Mutter, die sich umgebracht hatte, erhielt er Freigang. Danach gelang ihm mit Hilfe seines Freundes Felix Grasfeld, der ihm sehr ähnlich sah, die Flucht nach Thailand.

Es war der 26. Dezember 2004 um 8:30 Uhr als die beiden Freunde im Green-Beach-Hotel des bekannten Urlaubsortes Ban Kamala gemeinsam beim Frühstück saßen.
Grasfeld hatte eine zweiwöchige Pauschalreise nach Thailand gebucht und war am Morgen des 1. Weihnachtsfeiertages mit einem Airbus A-380 der Lufthansa in Phuket gelandet. Im Green-Beach war für ihn ein Einzelzimmer reserviert. Achim Weismann hatte seinen Freund am Flugplatz abgeholt und die beiden hatten den ganzen Tag miteinander verbracht, weil es sehr viel zu erzählen gab.

Interessant war natürlich, was Achim Weismann zu berichten hatte.
Seine Flucht war planmäßig verlaufen. Bei der Passkontrolle ging alles glatt, er war problemlos als Felix Grasfeld durchgegangen.
In Phuket hat er dann als erstes die Vertretung des Reiseveranstalters TUI aufgesucht, weil er hoffte, dort jemand zu finden, der deutsch sprach und ihm weiterhelfen könnte. Seine Hoffnung wurde nicht enttäuscht. Zunächst konnte er sich mit seinem richtigen Pass, den er vor seiner Festnahme in der Wohnung gelassen und zusammen mit dem Stammbuch der Familie und einem recht guten Bild seines Vaters mitgenommen hatte, ausweisen. Dann schilderte er sein Problem. Die junge TUI-Mitarbeiterin, eine Thai, die aber auch wegen eines längeren Aufenthaltes in Hannover sehr gut deutsch sprach, hörte aufmerksam zu. Achim Weismann erzählte von seiner kranken Mutter und deren Tod und vom Verschwinden des Vaters im Mai 1995. Er zeigte dann die Ansichtskarte, die seine Mutter und er als letztes Lebenszeichen von seinem Vater erhalten hatten. Die Karte war am 10. Juni 1995 in Phuket abgestempelt worden.
Dass Achim nun auf der Suche nach seinem Vater war, stieß bei Sua Prem, so hieß die junge Frau, die sich Achims Geschichte ohne Zwischenfragen aufmerksam angehört hatte,

auf volles Verständnis. Sie erklärte sich bereit, ihm nach Kräften zu helfen, seinem Vater zu finden. Dabei gab sie aber zu bedenken, dass sie während ihres Dienstes nur wenig dafür tun könne, aber gern in ihrer Freizeit mit Achim auf Suche gehen wolle. Es würde aber gewiss nicht leicht werden nach fast zehn Jahren den Gesuchten zu finden.

Dann dachte Sua Prem, die aber meist nur mit ihrem Spitznamen Nok gerufen wurde, an das Nächstliegende und fragte Achim, ob er denn schon ein Quartier hätte. Dieser musste natürlich verneinen und er erklärte, dass er über etwa eintausendzweihundert Euro verfüge, sich davon aber auch noch Kleidung kaufen müsse.

Sua Prem hatte ihn dann zum Kamala-Beach-Resort, einem Vertragshotel von TUI geschickt. Er solle dort am Pool bleiben und sich nach seinem langen Flug ausruhen. Etwas zu Essen und Trinken würde man ihm auch geben. Sie hatte dann mit dem Hotel telefoniert und Achim angekündigt. Ein Zimmer könne er dort allerdings nicht bekommen, aber sie werde ihm am späten Nachmittag, wenn ihre Arbeit beendet sei, dort abholen und dann gäbe es mit Sicherheit auch ein Quartier für ihn. Sie wollte auch mit ihrem Chef reden, ob dieser einen Job für Achim hätte.

Als dieser im Hotel ankam und sich bei der Rezeption meldete, wusste man schon Bescheid. Eine junge Mitarbeiterin reichte ihm ein Glas Mangosaft und begrüßte ihn herzlich mit: „Willkommen in Thailand". Anschließend führte sie ihn in den Garten, wo eine Poollandschaft den Übergang zu einem wunderschönen Strand bildete. Achim hatte es sich auf einer Liege unter einer Palme gerade bequem gemacht und war am Einschlafen, als die junge Frau mit einem kleinen Imbiss und einer Flasche Wasser zurückkam.

Danach war er fest eingeschlafen und wurde erst gegen Abend von Sua Prem geweckt. Diese hatte ihn dann mit zu ihren Eltern, bei denen sie noch wohnte, genommen.

Nachdem diese die Geschichte von Achims Suche nach seinem Vater vernommen und dessen Bild ausgiebig betrachtet hatten, war es eine Selbstverständlichkeit, dass Achim erst einmal bei ihnen bleiben konnte. Nok's Bruder war für ein paar Tage unterwegs und Achim konnte vorerst in dessen Zimmer schlafen. Als er seine Glücksfee, wie er Sua im Stillen nannte, fragte, warum alle sie nur Nok und nicht mit ihrem richtigen Namen anreden würden, lachte diese. Sie erklärte, dass das Verwenden von Spitznamen allgemein üblich sei und ihrer laute nun einmal Nok, was auf

Deutsch Hühnchen heiße. Da hatten alle gelacht.

Von der Gastfreundschaft und Hilfsbereitschaft der Thailänder war Achim ganz stark beeindruckt. Dieser Eindruck hatte sich in den folgenden Tagen und Wochen noch verstärkt, als sich Menschen, für die er absolut ein Fremder war, für sein Anliegen interessierten und versuchten, ihm zu helfen wo es nur ging.

Am nächsten Morgen hatte Nok ihn mit ihrem Tuk-Tuk mit ins Büro genommen und ihrem Chef vorgestellt. Dieser, ein Deutscher, war von Nok am Vortag über Achims Problem informiert worden. Er bot ihm an, für TUI bestimmte Aufträge zu übernehmen. Meist waren Urlauber vom Flugplatz abzuholen und zu den verschiedenen Hotels zu bringen oder umgekehrt auch von den Hotels abzuholen und zum Flugplatz zu bringen. Da die eingesetzten Busfahrer nur wenig oder überhaupt nicht deutsch konnten und die TUI-Repräsentantin meist am Flughafen bleiben musste, war dies eine wichtige Aufgabe. Einen regulären Arbeitsvertrag konnte man aber Achim nicht anbieten. Aber freie Kost und Logis und ein Taschengeld wurde ihm zugesichert. Achim war dieses Angebot hochwillkommen, zumal es ihm auch noch Zeit ließ, nach seinem Vater zu suchen. Nok's Chef hatte auch versprochen, sich an der Suche nach einem 1995 eingereisten Arno Weismann zu beteiligen. Gleichzeitig hatte er aber auch darauf aufmerksam gemacht, dass die Suche sehr schwierig werden würde. Thailand habe mit fast 70 Millionen beinah soviel Einwohner wie Deutschland und die Zahl der Touristen, die jährlich ins Land gekommen sind, sei auch beträchtlich. Nok's Chef wollte aber seine guten Beziehungen zu den Fluggesellschaften, den Behörden und den Hotels nutzen, um eine Spur von Achims Vater zu finden.

Achim und Nok klapperten in den folgenden Tagen auch Hotel für Hotel in Phuket und Umgebung ab, fragten nach Arno Weismann und zeigten sein Bild – alles ohne Ergebnis.

In der letzten Oktoberwoche war Achim auch bei der deutschen Botschaft in Bangkok vorstellig geworden, in der Hoffnung, dass man noch nicht nach ihm suchen würde. Diese Hoffnung erfüllte sich, aber der junge Botschaftsangehörige, der sich sein Anliegen angehört hatte, konnte auch nicht helfen. Er versprach weiter zu recherchieren und ließ sich Achims Anschrift in Phuket geben.

Nok's Angehörige und deren Freunde beteiligten sich ebenfalls an der Suche. Achim hatte das Bild seines Vaters vervielfältigen lassen und an alle verteilt. Aber die Tage vergingen einer nach dem anderen, ohne dass man eine Spur von Arno Weismann fand.

Am 5. Dezember schließlich kam ein entfernter Verwandter von Nok aus Si Chon, einer Stadt am Golf, zu Besuch. Dieser meinte eine Frau zu kennen, die mit einem Deutschen zusammenlebe, der dem auf dem Bild ziemlich ähnlich wäre. Die Adresse dieser Frau konnte er den jungen Leuten mitteilen. Die beiden waren sich während der gemeinsamen Suchaktionen immer näher gekommen und Achim hatte sich in Nok regelrecht verliebt.

Nok oder Sua, wie sie richtig hieß, war aber auch eine attraktive junge Frau. Sie war ein Jahr älter als Achim, 1,65 m groß und sehr schlank. Ihr langes, glänzend schwarzes Haar trug sie nur selten offen, aber ihre dunklen Augen strahlten immerzu große Freundlichkeit aus. Auch sie hatte an Achim großen Gefallen gefunden.

Am 6. Dezember, es war ein Montag, fuhren beide erwartungsvoll nach Si Chon.

Nok's Chef hatte den beiden gern frei gegeben und ihnen sogar ein Auto zur Verfügung gestellt.

Als sie dann bei der angegebenen Adresse vor der Tür standen und geklopft hatten, war eine Frau herausgekommen, Nok hatte sie auf Anfang 40 geschätzt, und musterte Achim eingehend. „Du musst Achim Weismann sein", hatte sie gesagt und die beiden ins Haus gebeten.

Dort erfuhren sie dann, dass Arno Weismann tatsächlich ab 1995 hier gelebt hatte. „Ich glaube, er war relativ glücklich", meinte die Thailänderin. „Von Deutschland hat er nur sehr wenig gesprochen, aber du", sie sah Achim an, „siehst ihm sehr ähnlich. Dein Vater ist aber tot." Dann erfuhr Achim, dass sein Vater eine Blinddarmentzündung hatte. Er war zwar noch ins Krankenhaus gekommen und operiert worden, aber zu spät. Er war am 23. November 2003 verstorben.
Die Frau, mit der Arno Weismann seine letzten Jahre verbracht hatte, führte die jungen Leute zu dessen Grab und ließ sie allein. Die Einladung, sie dann noch zu besuchen, schlug Achim aus. Mit der Frau, die seiner Mutter den Mann und ihm den Vater genommen hatte, wollte er nichts zu tun haben. Verzweifelt stand er vor dem Grab seines Vaters, den er geliebt und gehasst hatte und von dem er nun nicht mehr die gewünschte Rechenschaft einfordern konnte. Das, was ihn die ganze Zeit angetrieben und seinem Leben ein Ziel gegeben hatte, war im wahrsten Sinne begraben.
Schließlich war es Nok, die ihn aus seinen trüben Gedanken gerissen hatte. Sie hatte ihn zärtlich in die Arme genommen und innig geküsst. Achim hatte die Küsse leidenschaftlich erwidert und beide hatten sich am Abend das gemeinsame Verlangen erfüllt.

Für Achim war es wie ein Wunder und auch Nok war sehr glücklich.

Tage später waren beide noch einmal nach Si Chon gefahren und hatten sich über die letzten Lebensjahre von Achims Vater berichten lassen.

In der folgenden Zeit wuden dann Zukunftspläne geschmiedet und Achim hatte erzählt, dass und warum er in Deutschland gesucht würde. Allerdings wollte er gern nach Deutschland zurück und Nok wollte gern mit. Felix Grasfeld, dessen Besuch inzwischen angekündigt worden war, wollten sie bitten, in Deutschland zu ermitteln, was mit Achim passieren würde, wenn er zurück käme und sich stellte. Ob es vielleicht möglich würde, seine Reststrafe zur Bewährung auszusetzen. Der Ausbruch für sich allein sei ja kein Straftatbestand. Dies hatten sie von dem jungen Mann aus der Botschaft erfahren. Er hatte am 24.12 angerufen und Achim mitgeteilt, dass ein Fahndungsersuchen nach ihm bei der Botschaft eingegangen sei. Er riet Achim, sich in Deutschland zu stellen, machte ihn aber auch darauf aufmerksam, dass kein Auslieferungsabkommen existiert.

Zurück zum Frühstücksraum des Green-Beach-Hotels. Felix Grasfeld hatte sich soeben noch etwas Obst vom Frühstücksbuffet geholt, als eine junge Frau zu dem Tisch der beiden

Freunde kam. Mit den Worten: „Guten Morgen, ich bin Nok und sie müssen Felix sein", ging sie auf diesen zu und umarmte ihn. Nach „Guten Morgen, Schatz", küsste sie Achim zärtlich.
„Achim hat mir viel von euch und eurer gemeinsamen Suche nach seinem Vater erzählt", sagte Felix. „Er meinte, dass er seinen Vater nun endgültig verloren aber seine ganz große Liebe gefunden habe." Die beiden Verliebten sahen sich glücklich in die Augen und lachten.
„Möchtest du noch mit uns frühstücken, oder wollen wir gleich zum Strand?", fragte Achim seine Freundin.
Man entschied sich, gleich zum Strand zu gehen. Dort suchten sich die jungen Leute drei Liegen unter einem Sonnenschirm und alberten herum. Es war kurz vor 10:00 Uhr und sie wollten gerade gemeinsam ins Wasser gehen, als sie feststellten, dass sich dieses ganz weit zurückgezogen hatte.
„Schnell weg", rief Nok ganz aufgeregt. „Das gibt einen Tsunami!"
Die Jungen sahen sich an. „Das Wort habe ich noch nie gehört", rief Felix. „Was soll schon passieren, wenn eine Welle kommt."
„Los wir müssen laufen", rief Nok und rannte los, die Jungs hinterher. Aber das Wasser war schneller. Plötzlich war alles unter Wasser,

Liegestühle, Tische, Sonnenschirme, Boote, Treibholz – alles wirbelte umher.

Verzweifelt riefen Menschen um Hilfe. Dann war einem Moment Ruhe, bevor eine neue, noch stärkere Welle das vollkommene Chaos verursachte.

Achim war es gelungen, vor der zweiten Welle in das Hotel zu kommen. Der Speisesaal stand schon unter Wasser und immer neue Fluten brachen herein. Ihm gelang es, in das Zimmer von Felix im zweiten Stock zu kommen. Vom Balkon aus sah er das Inferno. Strand und Poollandschaft waren völlig verwüstet. Überall lagen Trümmer, ein Fischerboot hatte es quer vor die Eingangstür getrieben. Dazwischen liefen, krochen oder lagen Menschen, die laut um Hilfe riefen, leise vor sich hin wimmerten oder teilnahmslos ins Leere starrten.

Das Wasser war dann genauso schnell wieder weg, wie es gekommen war. Von überall kamen Leute, die helfen wollten und die ihre Angehörigen suchten. Achim rannte hinunter und machte sich auf die Suche nach Nok und Felix. Endlich fand er beide. Sie hatten sich an den Händen gehalten als ihnen ein schwerer Balken auf den Kopf gefallen war. Mit Mühe konnte Achim sie aus den Trümmern befreien. Sie waren bewusstlos, aber am Leben. Er rief einen Sanitäter und gemeinsam brachten sie die beiden in ein in aller Eile am Strand errichtetes Behelfskrankenhaus. Ein Arzt schaute kurz vorbei und meinte auf Englisch, er könne keinerlei äußere Verletzungen erkennen, man müsse abwarten.

Achim saß dann quälend lange Zeit am Krankenlager seiner Nok und seines Freundes.

Endlich nach fast zwei Stunden schlug Nok die Augen auf, sah Achim an und wollte wissen, was passiert sei. Achim küsste sie ganz vorsichtig und erzählte von dem Tsunami. „Ja, ich erinnere mich, wie ich mit Felix davonlief, du warst nicht mehr zu sehen. Was ist mit Felix?"

„Wer ruft mich?", fragte in diesem Moment der neben Nok Liegende. „Gott sei Dank, du bist nun auch wieder bei Bewusstsein", ich bin vielleicht froh", jubelte Achim.

Später wurden Nok und Felix genauer untersucht, aber man stellte außer einer schweren Gehirnerschütterung keine weiteren Verletzungen fest. „Da haben sie riesiges Glück gehabt", meinte der Arzt und verordnete zwei Tage strenge Bettruhe.

Achim half in dieser Zeit bei den Aufräumungsarbeiten. Dann erholten sich alle drei bei Noks Eltern und flogen gemeinsam am Neujahrstag nach Deutschland zurück.*

---

* Das Geschehen um Achim Weismann ist auch Gegenstand des Kriminalromans *Der Tote auf Gleis 2.*
Autor: Günter Fanghänel, ISBN: 978-3-7322-8498-6.

Der Enkel-Trick

Es war ein schöner Spätsommertag. In dem kleinen hessischen Ort Eppertshausen war die 70-jährige alleinstehende Rentnerin Erna Hansen soeben von ihrem Nachmittagsspaziergang zurückgekehrt und hatte es sich bei einer Tasse Kaffee gemütlich gemacht, als das Telefon klingelte.

„Hallo, Oma, hier ist Manuela, ich wollte mich nach langer Zeit mal wieder bei dir melden. Du erinnerst dich doch noch an mich?"

„Ich habe keine Enkelin Manuela, ich habe überhaupt keine Enkelkinder", dachte Frau Hansen und erinnerte sich, was sie kürzlich über den sogenannten Enkeltrick gelesen hatte. „Na warte", euch werde ich das Handwerk legen", nahm sie sich vor und antwortete: „Schön, Manuela, dass du dich einmal meldest. Wie geht es dir? Sicher brauchst du dringend Geld?"

„Nein, Oma", lautete die überraschende Antwort. „Aber du und Mutti, ihr ward doch ziemlich zerstritten und Mutti hatte mir stets verboten, mit dir Kontakt aufzunehmen. Jetzt studiere ich aber in Darmstadt und da du in der Nähe wohnst, wollte ich mich doch einmal bei dir melden. Aus dem Internet habe ich deine Telefonnummer."

Erna Hansen schüttelte den Kopf. „Junge Frau, Sie wollen sich nicht als meine Enkelin ausgeben und mich um Geld bitten?", fragte sie zurück.

„Um Himmelswillen nein", entgegnete Manuela. „Von dem Enkel-Trick habe ich natürlich gehört, aber damit habe ich nichts zu schaffen. Bist du, – sind Sie denn nicht Oma Erika?", Im Telfonbuch stand E. Hansen, Eppertshausen und meine Oma ist Erika Hansen und wohnt, wenn sie in den letzten Jahren nicht umgezogen ist, in diesem Ort".

Frau Hansen antwortete: „Also Mädchen, deine Oma bin ich nicht. Ich heiße Erna. Aber Erika Hansen kenne ich gut, ob sie aber im Telefonbuch steht, kann ich dir nicht sagen. Mit deiner Oma und noch ein paar Frauen aus der Nachbarschaft treffen wir uns reihum fast jede Woche zu einem Tässchen Kaffee und einem Schwätzchen. Morgen sind wir alle bei mir. Was hältst du – wir sollten beim du bleiben – von folgendem Vorschlag: Komm doch einfach her. Von Darmstadt gibt es eine gute Busverbindung. Wenn du so gegen Vier klingelst, gibt es sicher eine schöne Überraschung."

„Das ist eine gute Idee", freute sich Manuela, „ich werde pünktlich da sein."

Am nächsten Nachmittag waren Erna und Erika Hansen und noch drei Frauen aus der Nachbarschaft um den Kaffeetisch versammelt. „Stellt euch vor, was mir gestern passiert

ist", machte Erna die anderen neugierig. „Da rief doch so um diese Zeit eine junge Frau an und sagte, sie wäre meine Enkelin."
„Auf diesen Trick bist du doch hoffentlich nicht hereingefallen", fragte Erika. Und eine der anderen sagte: „Hoffentlich hast du gleich die Polizei angerufen."
Alle wollten wissen, wie die Sache weiterging.
„Das Mädchen nannte sich Manuela", berichtete Erna.
Erika Hansen wurde ganz still: „Ich habe eine Enkeltochter, die Manuela heißt, aber seit Jahren haben wir keinen Kontakt. Ich gäbe etwas darum, wenn ich sie wieder sehen könnte."

In dem Moment klingelte es.
Erna Hansen öffnete. Vor der Tür stand eine zierliche, blonde junge Frau, die etwas verlegen einen Strauß Rosen in der Hand hielt.
„Komm rein", sagte Erna. Sie führte die Besucherin ins Wohnzimmer. „Hier Erika, da hast du deine Enkelin Manuela." Diese fiel ihrer Oma um den Hals und die anderen klatschten Beifall.

Räuber im Wald

Klaus Geef war vom Urlaub zurück und berichtete seiner Stammtischrunde:
„Ihr wisst ja, dass Christa und ich eine Woche im Harz waren. Wir hatten uns in einem Wellnesshotel eingemietet und konnten die Seele einmal so richtig baumeln lassen. Langes Schlafen, Lesen, Waldspaziergänge und Pilze suchen sowie die ausgiebige Nutzung von Sauna und Schwimmbad haben uns sehr gut getan. Am zweiten Urlaubstag hatte ich allerdings ein besonderes Erlebnis:
Nach dem Abendessen wollte ich in dem Wald, der gleich hinter unserem Hotel begann, noch eine Runde joggen. Ich lief los und nach etwa 15 Minuten kam mir ganz aufgeregt ein kleiner Junge von vielleicht zwölf Jahren entgegen. „Bitte helfen Sie mir", flehte er mich an. „Drei Männer haben meine Schwester, mit der ich unterwegs war, gepackt und in das Haus dort hinten gezerrt." Als ich ihn fragte, wie alt seine Schwester sei, antwortete er: „Sechzehn".
Wir liefen zu dem Gebäude, das durch die Bäume schemenhaft zu erkennen war. Beim Näherkommen stellte ich fest, dass es ein einfaches Blockhaus war, vor dem ein weißer Lieferwagen mit der Aufschrift *Secuiritas - Werttransporte* stand. Ich schlich zum Fenster und blickte hinein. Was ich sah, ließ mein

Herz stocken. Um einen einfachen Holztisch standen drei Männer, ich würde sie auf etwa dreißig schätzen. Auf dem Tisch lag ein Haufen Papiergeld und die Männer waren damit beschäftigt, dies zu zählen. In der Ecke sah ich zwei gefesselte und geknebelte Personen liegen, die ihren Uniformen nach offensichtlich die Fahrer des Geldtransporters waren. Daneben war auf einem Stuhl ein junges blondes Mädchen angebunden, das ebenfalls geknebelt war. Ich hörte, wie einer der Männer sagte: Da haben wir ja einen schönen Fang gemacht. Wenn wir hier alles gezählt und verstaut haben, vernaschen wir als Nachtisch die Kleine hier. Was musste die uns auch über den Weg laufen."

Ich hatte genug gehört, lief zu dem Jungen zurück, der in einigem Abstand gewartet hatte, und wollte mit meinem Handy die Polizei anrufen. Aber – ich hatte kein Netz.

Der kleine Junge hatte meine erfolglosen Bemühungen gesehen und rief nun ganz laut: „Hilfe! Hilfe!".

Daraufhin erschien einer der Männer in der Tür, sah uns und zog eine Pistole. Ich sah einen Blitz und hörte einen lauten Knall.

Von diesem Donnerschlag bin ich aufgewacht und brauchte eine ganze Weile, bevor ich realisierte, dass ich in meinem Hotelbett lag und draußen ein Gewitter tobte."

Waldlauf am Morgen

Es war ein Montagmorgen im Juni. Klaus Geef saß mit seinem Arbeitskollegen beim Frühstück und die Gespräche drehten sich um das vergangene Wochenende.

„Gestern ist mir etwas Eigenartiges passiert", steuerte Klaus seinen Beitrag zur Unterhaltung bei: „Es war kurz nach sechs und ich hatte gerade die ersten 500 Meter meines morgendlichen Waldlaufs zurückgelegt, als ich vor mir einen kleinen Jungen munter die Landstraße entlang stiefeln sah. Ich holte ihn ein und sah, dass er nur mit Schlafanzug und Hausschuhen bekleidet war. „Hallo, junger Mann", sprach ich ihn an. „Ich bin Klaus und wie heißt du und wo willst du denn hin?"

Der Kleine antwortete: „Ich bin Tim und gehe zu meiner Oma. Dort haben wir gestern meinen Brum-Brum vergessen. Ich war sehr traurig, als ich ohne ihn ins Bett musste und konnte lange nicht einschlafen. Mami meinte, dass wir ihn erst heute oder morgen holen können. Vorhin bin ich wach geworden und mein Teddy war immer noch nicht da. Der ist sicher auch traurig, dass er nicht bei mir ist. Da werde ich ihn jetzt holen."

Nach dieser langen Erklärung fragte ich den Kleinen. „Weißt du denn, wo deine Oma wohnt?" „Natürlich", erhielt ich zur Antwort, „Oma wohnt dort hinten", er zeigte die Straße entlang, „im dritten Haus. Das ist rot und im Vorgarten steht mein Dreirad."

Nun war der nächste Ort, den der Bub sicher meinte noch etwa fünf Kilometer entfernt, also fragte ich: „Bis zu deiner Oma ist es aber doch sehr weit, wie lange willst du denn da laufen?" „Das ist nicht weit", kam die Entgegnung. „Mit dem Auto sind wir immer ganz schnell bei Oma gewesen."

„Weiß du was?", schlug ich vor, „ich werde jetzt mit meinem Handy ein Auto rufen, da geht es doch schneller." Tim war sehr einverstanden. Ich wählte die 110 und schilderte dem Beamten die Lage. Er versprach, schnell einen Streifenwagen zu schicken. Während wir warteten, erfuhr ich von Tim, dass er gern in den Kindergarten geht, aber noch lieber bei Oma und Opa ist. Mami sei mit ihm allein, sein Papi sei schon sehr lang verreist, er wüsste gar nicht mehr, wie der aussehe. Sein Bild habe Mami auch weggelegt.

Dann kam der Funkwagen. Eine junge Polizistin stieg aus, begrüßte uns und meinte zu Tim: „Willst du nicht einmal mit einem Polizeiauto fahren?" Der Junge war begeistert und meinte, sein Brum-Brum würde sich sehr freuen, wenn er mit einem Polizeiauto abgeholt würde.

„Aber erst müssen wir zu deiner Mutter", meinte die Polizistin, „die macht sich doch sicher Sorgen um dich". „Ach, Mami schläft noch", antwortete der Kleine. Inzwischen waren wir alle eingestiegen, ich vorn beim Fahrer, die beiden hinten. „Wo wohnst du denn?", wollte die Polizistin wissen. „In der Hunottenstraße 7", lautete die Antwort. Er wird wohl die Hugenottenstraße meinen, sagte der Fahrer und fuhr los. Vor dem Haus Nr. 7 hielten wir an.

Die Polizistin ging zur Haustür und klingelte. Nach kurzer Zeit öffnete eine junge Frau und sah ihr Gegenüber fragend an. „Kann ich bitte einmal ihren Sohn Tim sprechen", wurde sie gefragt. „Woher wissen sie denn den Namen meines Sohnes?", fragte Tims Mutter. „Warten sie, ich werde ihn holen, aber sicher schläft er noch."

Nach kurzer Zeit kam sie aufgeregt zurück: „Tim ist nicht in seinem Zimmer, er ist nicht in der Wohnung, er ist weg!"

„Na, da kommen sie einmal mit zu unserem Auto", beruhigte sie die Polizistin. Aber da kam Tim auch schon angelaufen und rief zu seiner Mutter, die ihn glücklich in die Arme nahm: Mami, Mami, ich bin mit einem richtigen Polizeiauto gefahren!"

Meinen Morgenlauf konnte ich nun natürlich vergessen", beendete Klaus seinen Bericht.

Für die kritische Durchsicht des Manuskriptes und für zahlreiche wertvolle Hinweise bedanke ich mich bei:
Steffi und Manfred Ritter, Görlitz;
Prof. Dr. Günter und Lutz Kaiser, Leipzig;
Karin Birzer von der Interessengemeinschaft Oschütztal e.V. Weida/Thür.;
Jasmin Frank, Leiterin der Bücherei Münster (Hessen).

Eppertshausen, Sommer 2014   G.F.

Vom gleichen Autor sind beim Verlag Books on Demand (BoD) Norderstedt erschienen:

ISBN: 978-3-8448-1229-9

ISBN 978-3-7322-8498-6

ISBN 978-3-8370-3827-9